Sonia la colle

Catherine de Lasa est née à Caen en 1956. Après des études de littérature, elle assouvit sa passion en écrivant des poèmes, des contes et des histoires pour enfants. Dans son travail comme dans sa vie privée, elle aime varier les genres. Actuellement, elle élève ses cinq enfants, écrit toujours, et pratique occaionnellement le karaté ! Ses ouvrages sont publiés aux éditions Gallimard, Nathan, Fleurus, Calligram et Bayard Jeunesse.
Du même auteur dans Bayard poche :
L'ours abandonné - Le ballon perché (Mes premiers J'aime lire)
La dent de l'ours ! (J'aime lire Plus)
La nuit des squelettes - Dimitri (J'aime lire)

Éric Gasté est né en 1969 à Angers. Après avoir fait l'École Estienne à Paris, il devient concepteur visuel du magazine *Astrapi*. Il illustre essentiellement des histoires pour les tout-petits. Ses ouvrages sont publiés chez Calligram et Bayard Editions. Il habite désormais à Toulouse.
Du même illustrateur dans Bayard Poche :
La série *Victor BigBoum - Ric la terreur - Perdu chez les sorciers - Le génie du grenier* (Mes premiers J'aime lire)

Cinquième édition

Dépôt légal : septembre 2003
ISBN : 978-2-7470-1112-9
Loi du 16 juillet 1949 sur les publications destinées à la jeunesse.

Sonia la colle

Une histoire écrite par Catherine de Lasa
illustrée par Éric Gasté

mes premiers j'aime lire
bayard poche

Chapitre 1

À l'école, Sandrine et Cloé sont toujours ensemble. Elles jouent aussi avec d'autres copines comme Sonia.

Mais depuis quelques jours, il y a un problème : Sonia est « collante ». Sandrine et Cloé ne sont plus jamais tranquilles !

Un soir, Sandrine et Cloé rentrent de l'école. En chemin, elles papotent, elles rigolent. Mais voilà Sonia. Elle se met entre Sandrine et Cloé et elle raconte :

– Mon petit frère commence à marcher…

Et patati et patata… Sandrine fait un signe à Cloé pour lui dire : « On s'en fiche, de ses histoires ! »

Une autre fois, pendant la récréation, Cloé veut lire une bande dessinée. Elle ouvre son album, mais voilà qu'arrive Sonia la colle :

– Ah ! Cette bande dessinée, moi aussi je l'ai lue, je l'ai trouvée super.

Et patati et patata…

Quand la cloche sonne, Cloé n'a pas fini son livre, et en plus elle doit le rendre à la bibliothèque !

Vraiment, Sandrine et Cloé en ont assez de Sonia !

Dès qu'elles sortent un jeu, Sonia se met derrière elles pour regarder l'écran. Elle exagère !

Un jour, Sonia demande :

– Est-ce que je peux essayer votre jeu ?

Sandrine est énervée :

– Tu ne sais même pas comment ça marche !

– J'aimerais bien que quelqu'un m'apprenne, dit Sonia.

Les deux filles ne répondent même pas.

Plus tard, en classe, Sandrine dit à Cloé :

– Elle se croit tout permis, cette Sonia ! Elle nous embête tout le temps, en ce moment. C'est bizarre, quand même !

Et ça continue comme ça. Au bout d'une semaine, Sandrine est très en colère : elle bout comme une marmite. Il faut absolument qu'elles trouvent ensemble un moyen d'empêcher Sonia de coller !

Chapitre 2

Le lendemain, à la récré, Cloé a une idée :

– Moi, je vais lui dire une petite méchanceté, ça va la décoller !

Justement, voilà Sonia. Cloé lui dit :

– Tiens, t'as mis le pull de ton petit frère ?

Mais Sonia ne se fâche pas, elle sourit :

– Mon pull ? Il a rétréci dans la machine à laver !

Le soir, Sandrine et Cloé rentrent en patins. Comme ça, Sonia ne pourra jamais les rattraper, c'est sûr ! Elle est à pied ! Quand Sandrine arrive devant son immeuble, elle est bien décidée :

– Demain, si Sonia vient vers nous, moi je partirai en courant. J'en ai assez !

– Moi aussi, dit Cloé.

Mais le lendemain, Sonia ne dit bonjour à personne. En classe, elle ne répond pas quand le maître l'interroge.

Pendant la récréation, Sonia reste toute seule assise sur le petit banc de la cour.

À un moment, elle sort de son cartable une enveloppe et elle la regarde. Cloé demande à Sandrine :

– Qu'est-ce qu'elle a ?

Sandrine répond :

– On s'en fiche !

Cloé continue à surveiller Sonia, qui reste là, avec sa lettre à la main. Quand la cloche sonne, elle range très vite la lettre au fond de son cartable.

Le maître, lui aussi, a remarqué quelque chose. Juste avant la sortie, il retient Sonia :

– Tu n'aurais pas quelque chose à me dire, toi ?

Alors Sonia donne la lettre au maître. Cloé est trop loin, elle n'entend pas ce que le maître dit. Mais Sonia hoche la tête.

Puis Cloé rejoint Sandrine sur le trottoir. Elle dit :

– Moi, j'ai tout compris : Sonia nous collait parce qu'elle a un secret à nous dire. Son secret, c'est sa lettre !

– Mais qu'est-ce qu'elle dit, cette lettre ? demande Sandrine.

– Mystère et boule de gomme ! répond Cloé.

Chapitre 3

Quelques minutes plus tard, Sonia sort de l'école. Elle se dépêche de partir comme si elle voulait ne parler à personne.

– Hé ! Attends-nous ! crie Cloé.

Les deux amies rejoignent Sonia juste au moment où elle arrive devant sa maison.

Cloé ne sait pas trop comment commencer :

– Euh... si tu veux, on peut faire ensemble les maths pour demain.

Sonia secoue la tête :

– Moi, de toute façon, demain je ne serai pas là !

– Mais pourquoi ? demandent Sandrine et Cloé en même temps.

Sonia reste là sans rien dire. Puis, tout d'un coup, elle se met à pleurer :

– Demain matin, je pars à l'hôpital ! Je vais être opérée des végétations*.

Sandrine et Cloé regardent Sonia d'un air étonné. C'était donc ça, son secret ! Et la lettre, c'était un mot de ses parents !

* Grosseurs qui se forment au fond du nez et gênent la respiration.

Sandrine soupire :

– Alors, tu as de la chance, tu ne feras pas le contrôle de maths !

Sonia dit tout bas :

– Je crois que j'aimerais mieux les maths. Là, je vais sûrement avoir très mal.

Cloé s'écrie :

– Mais non ! Mon cousin a été opéré de l'appendicite. Le lendemain, il allait presque très bien. Et en plus, tout le monde est venu lui apporter des cadeaux.

Sandrine ajoute :

– Et tu auras la télé dans ta chambre ! Tu te rends compte !

Sonia sourit un peu.

Sandrine se baisse et elle sort quelque chose de son cartable :

– Et tu emportes mon jeu. Regarde, je te montre tout de suite comment ça marche !

Sonia prend le jeu. Elle est toute contente. Alors Cloé demande :

– Mais pourquoi tu ne nous as pas raconté tout ça plus tôt ?

Sonia fait une drôle de grimace :

– Je voulais ; mais je ne sais pas pourquoi, quand je venais vous voir, je disais toujours autre chose !

Cloé soupire :

– Ah oui ! C'est comme ça. Les choses importantes, on n'arrive pas à les dire. À propos, je voulais vous dire quelque chose : je n'ai que deux pains au chocolat, et on est trois !

Sonia hausse les épaules :

– C'est facile ! Dans ce cas-là, on partage !

Édition

Se faire peur et frissonner de plaisir

Réfléchir et comprendre la vie de tous les jours

Rêver et voyager dans des univers fabuleux

Rire et sourire avec des personnages insolites

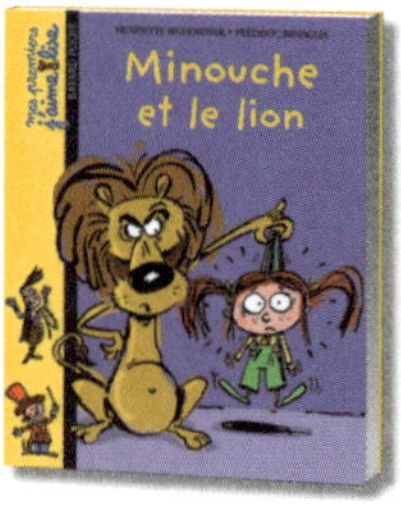

Se lancer dans des aventures pleines de rebondissements

Presse

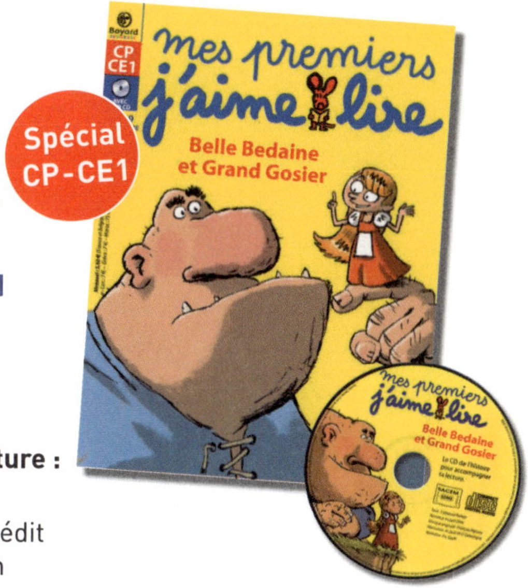

Mes premiers J'aime lire, un magazine **spécialement conçu pour accompagner les enfants du CP et du CE1** dans leur apprentissage de la lecture.

Un rendez-vous mensuel avec **plusieurs formes et niveaux de lecture :**

- une histoire courte
- un vrai petit roman illustré inédit
- des jeux et la BD Martin Matin

Avec un **CD audio** pour faciliter l'entrée dans l'écrit.

Chaque mois, les **progrès de lecture de l'enfant sont valorisés**, du déchiffrage d'une consigne de jeux à la fierté de lire son premier roman tout seul.

Réalisé en collaboration avec des orthophonistes et des enseignants.

Pour en savoir plus : www.mespremiersjaimelire.com

Achevé d'imprimer en juin 2009 par Pollina - L50792C
Imprimé en France